UM ANO

JUAN EMAR

UM ANO

Tradução
PABLO CARDELLINO SOTO

Posfácio
CÉSAR AIRA

Título original
UN AÑO

Copyright © 2015 *by* Juan Emar

Esta edição foi publicada
mediante autorização da
FUNDACIÓN JUAN EMAR.

Direitos desta edição reservados à
EDITORA ROCCO LTDA.
Av. Presidente Wilson, 231 – 8º andar
20030-021 – Rio de Janeiro – RJ
Tel.: (21) 3525-2000 – Fax: (21) 3525-2001
rocco@rocco.com.br
www.rocco.com.br

Printed in Brazil/Impresso no Brasil

coordenação da coleção
JOCA REINERS TERRON

tradução do posfácio
JORGE WOLFF

preparação de originais
LUI FAGUNDES

CIP-Brasil. Catalogação na fonte.
Sindicato Nacional dos Editores de Livros, RJ.

E44u   Emar, Juan
        Um ano / Juan Emar; tradução de Pablo Cardellino
      Soto. – 1ª ed. – Rio de Janeiro: Rocco, 2015.
      (Otra língua)

      Tradução de: Un año
      ISBN 978-85-325-2984-8

      1. Ficção chilena. I. Soto, Pablo Cardellino.
    II. Título.

15-19986   CDD–868.99333
                                  CDU–821.134.2(83)-3

Sumário

Um ano ... 7

Sobre Juan Emar,
por César Aira ... 119

1º DE JANEIRO

Hoje amanheci apressado. Tudo fiz com um apressamento vertiginoso: tomar banho, vestir-me, tomar café, tudo. E rapidamente também acabei a leitura de *Dom Quixote* e comecei a d'*A Divina Comédia*. Tal pressa eu atribuo ao Quixote e à data. Ontem, 31 de dezembro, último dia de um ano, teria sido justo ler a última página de um livro. Mas não o fiz. Eu ia lendo:

Yace aquí el hidalgo fuerte
Que a tanto extremo llegó
De valiente, que se advierte
Que la muerte no triunfó
De su vida con su muerte.

Assim eu ia lendo quando um cavalheiro rechonchudo veio se sentar em frente à minha mesa. Olhamo-nos. Silêncio.

Baixei o olhar para me inteirar da primeira palavra do verso seguinte. O cavalheiro bateu na mesa com a mão direita e me obrigou a erguê-lo.

Isto se repetiu quatorze vezes consecutivas.

Tenho uma certa afinidade ou uma certa superstição com o número quatorze. Então parei. Não fiz a décima quinta tentativa. Fechei o livro mesmo sentindo uma cruel angústia ao ver os ponteiros do relógio seguirem sua marcha para o ano que se avizinhava.

Hoje terminei:

... *que por las de mi verdadero Don Quijote van ya tropezando, y han de caer del todo sin duda alguna.* – Vale.

Mas a pressa, já aninhada em mim, continuou me empurrando. Peguei *A Divina Comédia*. Como numa espécie de vertigem cheguei até:

Entrai per lo cammino alto e silvestro.

Aqui a pressa me obrigou a sair de casa.

Levei o livro comigo. É um livro grande, encadernado, muito pesado. Traz as ilustrações de Doré.

Com meu livro e meus sapatos, ia correndo pelas ruas.

Uma praça. Num dos lados, um maciço prédio de pedra cinzenta, dominado por uma torre. Embaixo, uma pequena porta de cuja soleira partia uma escada igualmente de pedra.

Uma ideia: subir por essa escada até o cume da torre, contemplar a cidade e os campos distantes e, assim, acalmar minha pressa.

Fiz isso. Isto é, comecei a fazer isso. Comecei a subir. Mas, na altura do vigésimo nono degrau, dei um tropeção (que bela palavra!) e *A Divina Comédia* escapuliu debaixo do meu braço e rolou.

Rolou escada abaixo. Chegou à porta, transpôs a soleira, foi dando tombos pela praça. Deteve-se perto do centro, deteve-se de costas e aberta, grandemente aberta: página 152, canto vigésimo terceiro. De um lado, o texto; do outro, uma ilustração: entre altos despenhadeiros isolados e sobre um chão liso, um homem por terra, nu, de costas, os braços abertos, grandemente abertos, os pés juntos, crucificado, assim por terra, sobre o chão liso, entre os despenhadeiros sempre isolados.

Dante e Virgílio olhavam para aquele homem. Sob a ilustração, lia-se:

Attraversato e nudo é per la via,
Come tu vedi, ed é mestier ch'e'senta
Qualunque passa com'ei pesa pria.

Começou a chover. A água caiu sem piedade. *A Divina Comédia* se molhava, se filtrava. Suas palavras iam derreter sobre as pedras do calçamento. Desci, cheguei junto ao livro, me abaixei, estiquei uma mão e o peguei, com o indicador e o polegar, pela borda superior da lombada de couro. Então fui puxando na minha direção. E aqui, atenção!

Fui puxando na minha direção lentamente, docemente. Braço, mão e livro começaram a se deslocar com a lentidão de pesadelo de uma lesma.

Assim, meu braço se dobrava sobre meu corpo. Ali minha mão recuava aproximando-se. Lá, como sua presa, o livro aberto, também. E com o livro vinham os despenhadeiros, o solo liso e duas figuras: Dante e Virgílio.

Atenção! Duas figuras. Não três. Porque o homem crucificado, crucificado sempre, não vinha. Apesar de seus três cravos, escorregava sobre sua página, ou, melhor dizendo, deixava a página, o livro todo, escorregar por baixo dele.

Após um momento seus pés saíam para fora pela base. Suas pernas, suas costas, seus braços em cruz, sua nuca que, ao bater contra o calçamento ressoou num golpe seco.

Os três pregos se afundaram nas pedras.

Voltei para a porta com *A Divina Comédia* ensopada e com um personagem a menos.

Olhei: o bom homem crescia, agora, se modelava. Um homem forte, musculoso, de negras barbas e cabelo duro, nu, crucificado, cravado por terra no meio de uma praça e chovendo sobre ele.

Voltei para casa.

Toda minha pressa tinha se esvaído. Agora, escrevendo, estou tranquilo. Envolve-me uma paz sem igual.

1º DE FEVEREIRO

Hoje fiz uma experiência extraordinária. Aqui está:
Mas antes: minha maior felicidade teria sido possuir uma voz magnífica de tenor; não é preciso dizer que não canto, e se cantar canto como um porco.

Bem, vamos à experiência:
Entrei na minha salinha, dirigi-me ao móvel de mogno, abri-o, tirei dele um caderno com discos e depois, do meu fonógrafo, peguei uma agulha.

Fui para o centro do cômodo. Lá estiquei, reto para cima, reto, pontudo, o indicador da minha mão esquerda, enquanto os demais dedos ficavam empunhados. Bem. Com a direita, então, coloquei sobre esse indicador um disco, de modo que seu furo central se ajustasse exatamente à unha. Bem. Ainda com a direita comecei depois a golpear velozmente, roçando, a borda do disco até que o fiz girar com assombrosa rapidez. Lépido, então, segurei a agulha e com minha direita, alçada e dobrada como o pescoço de um cisne, fiz com que ela roçasse o primeiro sulco do canto.*

E abri a boca. Abri-a desmedidamente. Então, através dela, através da minha garganta, sob o meu palato, sobre a minha língua, atropelando dentes e lábios, trovoou, retumbou pelos cômodos a voz de Caruso cantando um frenético:

*Di quella pira
L'orrendo fuoco!!*

Magnífico instante! Repeti a experiência. Não deu resultados. Repeti-a quatorze vezes consecutivas. Já se sabe o que penso do número quatorze. Não fiz, pois, a décima quinta tentativa. O que não impede que o dia de hoje tenha sido digno de ser vivido.

---

* No original, "la primera canal del canto". Em espanhol, o "canto" pode ser entendido como a borda do disco ou o ato de cantar. (N. do T.)

1º DE MARÇO

Hoje estive de luto. Morreu um grande e velho amigo meu. Morreu sentado por terra, as pernas encolhidas, os braços cruzados sobre elas, numa pose entre múmia e tomador de chimarrão.

Quando cheguei a sua casa, ainda vivia. Estava, na pose indicada, sobre o tapete de sua sala. Toda a família, o médico e vários amigos aguardavam. Todos de pé, naturalmente.

Após meia hora de espera, o médico ergueu uma mão e murmurou:

– Agora...

Em seguida, o bom amigo começou a tremer. O médico murmurou:

– É a agonia.

Apareceu então a mulher do infeliz. Sentou-se junto dele, alta, serena, imponente. Inclinou suavemente a cabeça. De seus olhos se desprenderam muitas lágrimas. Todas elas caíram sobre a parte posterior do pescoço do inesquecível amigo e rolaram por ele perdendo-se entre a coluna vertebral e seu branco colarinho engomado.

O médico murmurou em meu ouvido:

— Fique de quatro atrás do seu amigo. No momento de morrer vai cair de costas. Não é possível que sua primeira impressão de morto seja bater no chão, não importa quão rico seja o tapete que o cubra. O senhor, no entanto... Carne por carne, meu amigo! Morto com vivo! Casaco por casaco!

Mas tive medo. Não é a mesma coisa ver um homem morrer em sua cama do que receber sobre um dos flancos precisamente seu casaco, sob este seu colete, sob este sua camisa, sob esta sua pele que já não vive. E sobretudo se a gente está de quatro, no meio de uma sala, rodeado de parentes tristes, mudos e imóveis como sinistras *alhuaquerecas*.* Não é a mesma coisa. De modo que fugi.

Ao ultrapassar a soleira chegou até meus ouvidos um grito de dor junto com o baque em surdina: o grito de sua infeliz esposa, o som de seu tapete recebendo as nobres costas, a nobre cabeça daquele que foi sempre o mais puro dos homens.

---

* A palavra *alhuaquerecas* tem significado obscuro, e somente é encontrada em dois livros de Emar: *Um ano* e *Diez* (inédito em português). Não se sabe com certeza qual o significado com que Emar a usou, mas em ambos os casos a morte está presente na narrativa. (N. do T.)

1º DE ABRIL

Hoje fui aos funerais do insubstituível amigo.[1] Estava em meu quarto derramando lágrimas, enquanto meu cérebro pensava com sua primeira camada, junto ao crânio, que sem o amigo minha vida ia se converter num perpétuo desencanto; e enquanto isso, com sua camada interior pensava que essas lágrimas, uma vez secas e solidificadas, dariam sem dúvida uma matéria que, ingerida com vinho, me faria sentir coisas tão marcantes, tanto, que pouco importava a morte do lembrado, do inesquecível e exemplar amigo. Assim eu estava quando chegaram a meus ouvidos os graves acordes da marcha fúnebre de Chopin. Exclamei:

---

[1] Parecerá estranho que os funerais do amigo imensurável tenham sido efetuados um mês depois de ter acontecido sua morte, mas esse estranhamento será dissipado ao dizer que foram efetivados não um mês mas dois dias depois de seu último suspiro. Parecerá estranho agora que em vez de datar 3 de março tenha datado 1º de abril, mas tal estranhamento será dissipado quando disser que assim datei porque assim exige a organização e construção deste meu livro de ouro.

— Já vem o cortejo!

E precipitei-me como um louco a seu encontro. Mas não atingi o fim. Pois as janelas de minha casa têm, à usança colonial, grossas barras de ferro, e fiquei grudado como uma borboleta, como um inseto no radiador de um carro veloz, contra uma delas.

A porta? Por que não ter usado a porta? Ah, queridos e velhos amigos que ainda viveis! Se eu soubesse por que me precipitei na direção de uma janela e não da porta, ah!, poderíeis estar certos de que eu não estaria neste momento escrevendo, mas repousando e fumando em paz, sem me ocupar mais do amigo morto, nem de vós, nem de mim mesmo.

Mas não sei.

Por entre as barras, pude ver o cortejo.

Naquele momento passavam os cossacos. Grandes, enormes, imponentes, cossacos e cavalos. Cobriam os prédios da frente, cobriam o céu. Iam em formação perfeita, cada um deles com um sorriso de arame,[2] cada um

---

[2] Em meu original eu tinha escrito "um sorriso burocrático". Vicente Huidobro leu. Disse:
— Não ponhas coisa tal. É a frase fatal de todos que se sentem literatos. Põe..., põe..., espera..., põe "um sorriso de arame". Isso!
Imediatamente troquei a burocracia pelo arame. Fiz bem. "Um sorriso burocrático" é uma dessas frases que ainda não chegaram a ser simples lugares-comuns (no bom sentido do termo) como — por exemplo neste diário — "cavalheiro gorducho", "sinistras *alhuaquerecas*", "amigo imensurável", "usança colonial" etc. etc., e que, portanto, podem ser empregadas como qualquer palavra corrente do idioma. Por outro lado, não é já uma imagem nova ou um acerto como é, a meu parecer, a frase

deles penteado com gomalina, cada um deles com um gorro de astracã sobre a orelha direita. Cada um deles sobre um gigantesco cavalo preto. Mas à medida que passavam, iam se reduzindo. Já se podia ver o céu. Já apareciam os prédios da frente. Já se viam por inteiro. Já tinha eu que olhar para baixo, para o pavimento, para contemplar os aguerridos cossacos. Até o último passar, grande como um camundongo. E apareceu o carro funerário, pequeno, pequenino, balançando como um barco em tempestade diante de cada junção entre dois paralelepípedos. E os parentes, que marchavam de ambos os lados dele, iam ali como formigas, como formiguinhas, como formiguinhazinhas..., zinhas.

Inesquecível amigo!

---

de Huidobro. Está, assim, precisamente nesse termo meio insosso que pasma os últimos barrigões e atrai os primeiros literatoides.
Vão aqui meus agradecimentos pela justa advertência.

1º DE MAIO

Hoje transpus a soleira de minha biblioteca. Fazia dezessete anos que não tinha penetrado nem uma única vez nela.

Muita poeira. Muita meia-luz enegrecida pelo tempo. Uma mosca que zunia em volta da lâmpada, dezessete anos! E sobre a mesa de trabalho, *Os cantos de Maldoror*, do conde de Lautréamont.

Quanta emoção ao voltar a ver minha velha estante! Exalava dela uma tépida temperatura. De cada livro pendia um ramo murcho. Silêncio.

Silêncio, sim... Logo, porém, meus ouvidos, habituando-se a ele, perceberam um leve, levíssimo murmúrio, um murmúrio de trituração miúda, quase microscópica, mas implacável.

Percebi logo o que estava acontecendo.

Esses bichinhos bibliófilos, que ignoro como se chamam, esses bichinhos que fazem o seu pão das bibliotecas abandonadas, estavam se nutrindo de todas as palavras que mil autores tinham emudecido e estampado em minha estante para que eu, cada vez que o Demônio me incitasse a fazê-lo, as tirasse de seu mutismo e as fizesse refalar a meus ouvidos.

Peguei o livro de Lautréamont, abri-o e examinei-o. Tinha sido atacado somente por um bichinho, apenas por um. Seu cadáver, aliás, estava sobre a mesa, duas polegadas para lá. Cadáver desolado na planície, cadáver insepulto sobre a poeira. Eis aqui a obra que tinha realizado quando a vida o animava:

Tinha começado por abrir um orifício na capa posterior do livro, justo em frente ao local ocupado pela última letra da última palavra da última linha do último canto. O canto termina dizendo:

"Não é menos verdade que as colgaduras em forma de meia-lua não mais mostram a expressão de sua simetria definitiva no número quaternário: ide ali vós mesmos se não quiserdes acreditar em mim."

Pois bem, a pequena besta tinha perfurado o último "m" de "mim".

Depois tinha seguido seu lento e laborioso trabalho. Mas não como qualquer espírito superficial imaginaria, não direto para cima, não, de forma nenhuma. Tinha seguido em plano inclinado, em plano oblíquo, perfurando suavemente, em ângulo muito agudo, perfurando segura, precisa, exata, em seu fino túnel de tinta e de papel, à procura da primeira letra da primeira palavra da primeira linha do primeiro canto. O canto começa dizendo:

"Apraza ao céu que o leitor, avalentoado e sentindo-se momentaneamente feroz como o que lê, encontre sem se desorientar seu caminho abrupto e selvagem, através dos pântanos desolados destas páginas sombrias e cheias de veneno."

Pois então, a pequena besta tinha finalmente perfurado esse primeiro "A".

E como o livro estava com a capa aberta, a pequena besta tinha visto de novo, depois de meses, quiçá de anos de sombras e desconsolos, de uivos e pragas de Maldoror, tinha visto de novo a luz filtrada de minha biblioteca silenciosa.

Tinha-se transpassado com toda a desolação "abrupta e selvagem" dessas 280 páginas de "pântanos envenenados" e tinha recebido em seu corpinho diminuto – como um novo Cristo de nossos últimos irmãos – o quanto os homens, o quanto um homem pode clamar se rebelando e se dilacerando.

Nobre e pequena besta! Em sua lúgubre peregrinação, apenas uma vez viu brilhar uma esperança: no canto segundo, ao atravessar, folha após folha, o hino ao piolho. E quando ao seu simples sistema nervoso chegou a voz que dizia:

"Não sabeis vós por que não devoram os ossos de vossa cabeça, contentando-se com extrair, com sua bomba, a quintessência de vosso sangue. Esperai um instante, eu vos direi: é porque ficam sem força. Estai certos de que, se suas mandíbulas fossem adequadas à medida de seus votos infinitos, o cérebro, a retina dos olhos, a coluna vertebral, todo vosso corpo passaria entre elas. Como uma gota d'água";

então a pequena besta, da sua prisão sombria, elevou a Lautréamont seus "votos infinitos" de infinito reconhecimento.

Mas tudo aquilo tinha sido para ela uma experiência excessivamente cruel. Assim que se viu fora do seu penoso trabalho, começou a correr.

Caiu do livro à mesa. Continuou correndo. Mas duas polegadas além, suas dores explodiram e, ao explodirem, levaram ao grande Todo sua alma microscópica.

Nobre e pequena besta!

Hoje, sob *O cântico dos cânticos*, dei-lhe uma piedosa sepultura.

1º DE JUNHO

H̱oje vivi de fúria em fúria, ricocheteando assim, uma, duas, três, uma fúria, outra fúria e mais outra.
Primeira:
Saí de casa. Diante da Escola de Altos Estudos Politécnicos tinha um grupo de velhas maltrapilhas fazendo fila do lado da porta principal. Certamente estavam à espera de alguma coisa, mas, o que onze velhas podem esperar da Escola de Altos Estudos Politécnicos? Essa pergunta me atravessou como um projétil. O que podem esperar? E foi suficiente: a fúria me dominou.

Pois, afinal, eu ia pela rua e passava na frente dessa Escola: 1º) gozando de todas as prerrogativas de liberdade de que é credor, numa República-modelo, todo cidadão honesto, e 2º) gozando amplamente de minha própria liberdade que, desde o momento de acordar, tinha decidido não formular a minha mente pergunta nenhuma.

No entanto, mal tinha andado cem metros, quando onze velhas me prendem na calçada impedindo qualquer avanço e desmentindo as liberdades republicanas; e uma pergunta se firma à minha frente desmentindo todas as afirmações, que fiz durante 40 anos, de ser um homem livre que só se pergunta o que dá na própria telha – e não na dos outros – se perguntar.

O que podem esperar da Escola de Altos Estudos Politécnicos onze velhas maltrapilhas? Primeira fúria. Custou-me um esforço inaudito despregar os pés do asfalto e poder prosseguir a marcha.

Segunda:

Despreguei os pés e marchei. Sozinho. Os transeuntes que eu cruzava deslizavam por mim como sobre gelo. Sozinho, mas com minha primeira fúria. E um homem sozinho com uma fúria... é perigoso, sim, perigoso... para ele, não para a fúria.

Encaminhei-me então para a casa onde habitam meus amigos.

A casa tem nove andares. Em cada andar há um apartamento. Em cada apartamento habita um amigo meu. Total: nove amigos ascendentes: o do primeiro andar é um amigo grande e sincero; mas o do segundo é mais; e o do terceiro, mais. E assim, conforme o andar aumenta, aumenta também a amizade que nos une; até o nono.

Quando reina a paz total em meu espírito, quando nele não se percebe nem uma marola, visito os amigos do primeiro e do segundo andar. Mas quando alguma paixão começa a se remexer dentro de mim, vou escalando pelos degraus na proporção exata da potência de tal paixão. Raras vezes visito o amado amigo do nono. Mas nas vezes em que o visito, nossa amizade se expande, explode, como uma bomba colossal.

Depois das onze velhas, cheguei à soleira da porta da casa dos nove amigos. Cálculos feitos e fúria pesada, decidi deixar para trás o primeiro, o segundo, o terceiro e o quarto e toquei a campainha do apartamento nº 5.

Saudações cordiais. Logo expliquei ao grande amigo as causas que tinham me levado até sua casa. Escutou-me atentamente. Por fim, ele me disse:

– Que manhã maravilhosa hoje! Aproxime-se do terraço. Não tema. Ainda que você muito tenha perneado através dela sem encontrar sossego, não é igual, lhe garanto, contemplá-la de cima sem pernear.

Aproximei-me para contemplá-la. Uma manhã maravilhosa, realmente! Início do inverno. Ar frio. E um sol esplendoroso.

Sim, sol, muito sol. Por isso embaixo, nas calçadas, nas pistas, por isso cada homem ao passar levava junto sua sombra.

Segunda fúria:

Irremediavelmente uma sombra para cada homem. Irremediavelmente uma imitação perfeita, na sombra, de cada movimento de cada homem.

Fúria. Mas vamos distinguir. Tem uma distinção que desvenda por que esta – a das sombras – veio se colocar em cima da outra – a das velhas –, em cima, sem se misturar numa fúria total. Tem algo que explica por que ficou sobreposta, isolada, de tal modo que a primeira pôde conservar toda sua presença e força e a segunda, igualmente, conservar as suas. Peso duplo para mim! Cólera dupla! Mas vamos à distinção:

No primeiro caso as velhas foram o pretexto que inflamou minha fúria. Mas minha fúria inteira caiu sobre mim mesmo, e as velhas, mal ou mal, foram excluídas dela.

Minha fúria talvez andasse em volta de mim, sem me penetrar, e eu ia dentro de sua atmosfera, livre, tranquilo, ignorando-a como o ar que se respira distraído.

Ela esbarra com as onze velhas, materializa-se em forma de interrogação. Ricocheteia. Apodera-se de mim porque a interrogação me envolve, espremendo-me e perguntando como é possível que o homem soberano possa ser detido diante da primeira contradição de rua que não consegue esclarecer: a larga porta da Escola de Altos Estudos Politécnicos alongando onze velhas maltrapilhas a partir da sua soleira e pela calçada afora.

Fúria contra mim, homem quarenta anos soberano. Agora no segundo caso tudo é muito diferente. Que fúria cabe contra mim mesmo, homem solto e isolado na radiante manhã de um terraço? Mas há cólera, ódio mortal, contra todos os outros homens que passam pelo asfalto, homens que passam do lado sombrio da rua para o lado do sol esplendoroso.

Passam. Passam da sombra para a luz, da luz para a sombra. Como um jorro que lhes fosse derramado nos pés, esticam um apêndice sombrio sobre o solo luminoso. Chegam à sombra: pelos pés também, sugam seu apêndice que se perde pernas acima e desaparece. Assim todos, todos sem exceção.

Olho seus rostos. Tenho uma pequena esperança: que pelo menos em alguns, em dois ou três, exista uma mudança de expressão ao se derramarem no sol, ao sugar o derramamento na sombra. Nada!

Ocupam-se de tudo, tudo muda a fisionomia deles: outro transeunte, um carro, um bonde, uma moça em sua janela, o jornal, o fumo, um cão de rua. Tudo, menos o que deles mesmos se desprende para o chão, o que eles mesmos absorvem com o corpo inteiro. Talvez porque, de tantas coisas, isto é o único inexorável: sombra no sol, nada de sombra na sombra.

Passam. De todos os lados, em todas as direções. Mudam suas fisionomias até diante de uma mosca extraviada entre carros e faróis.

Mas não diante do inexorável. Nem uma mudança, nem um gesto, nem uma pequena careta. Homens covardes!

Se pelo menos um, apenas um durante o dia, de pé no centro da rua, protestasse às bandeiras despregadas, os punhos erguidos contra o céu: protestasse ao derramar sombra no sol, protestasse ao não desenhar com brilho de brasas sua silhueta sobre o pavimento sombrio. Nada!

Homens covardes!

Minha cólera mortal vai para eles. Não para mim, homem puro, elevado na moldura de um terraço amigo. Primeiro contra mim mesmo; depois contra os outros. Por isso as duas fúrias puderam se sobrepor, cada uma com sua própria força. Dupla cólera para mim!

E agora passa, calmamente, a trote curto, um velho tílburi, com seu cocheiro velho e na frente um velho pangaré. E os três, cocheiro, coche e pangaré, projetam sobre o ouro do pavimento três velharias azuladas que vibram com trote curto...

Quinto amigo do 5º andar, não bastas para acalmar tal desenfreio.

Despeço-me. Sigo escalando os degraus. Detenho-me. Soa a campainha do 9º andar do nono amigo. Entre!

Terceira:

Meu amigo não me diz palavra alguma. Apenas com um gesto ligeiro indica-me o terraço. Vou lá: início do inverno, ar frio e sol. Não torno a olhar as ruas. Agora olho para a frente, outra casa, grande como esta em que estou. Janelas e mais janelas. Por elas enxergo a vida do interior. Terceira. A casa da frente. Assim que a vi, uma ideia me preencheu por inteiro, me fulminou: a ideia de "um todo". Ali não havia partes e, caso houvesse, eram secundárias. Andares, janelas, muros e demais..., secundário. Uma casa, um total, um ser. A casa ali, fixa num ponto da cidade, do mundo inteiro. Uma casa, ela sozinha. Um único destino para ela, para toda ela, até seu próprio e definitivo fim que é, precisamente, seu destino. Como meu destino que é um até minha morte: o curso de minha vida. E se a minha mão direita tem outro destino que a minha mão esquerda, essa diferença é um só e único destino: o meu.

Na casa dali da frente, o mesmo.

Para os seres da casa dali da frente, o mesmo. Porque eles são da casa, ela os abrange e se cada um pretende ter – também – o próprio, prima sempre o do total: a casa.

Eu, do outro lado, estou à parte. Minha sorte é outra, meus desígnios, outros. Estou fora de toda essa corrente de vida. Sozinho, longe e olho.

Num andar alguns vendedores se desdobram estendendo e balançando sedas perante uma dama que apalpa e fuça. Acima, várias datilógrafas escrevem. Acima, justo na minha altura, uma família toma café da manhã: um senhor, uma dama gorda, uma moça e um menino. E acima destes e já de mim, a cada meio minuto aparece, atrás do vidro e sobre o parapeito, a careca de um velhote, às vezes seus óculos, rara vez seu bigode branco, mas sempre – de meio em meio minuto – sua calva se detém um instante, gira e desaparece na cinza de seu aposento.

Total: a casa, o destino da casa com seus glóbulos.

Eu, outra sorte, outros desígnios.

Mas:

Terceira:

Eu via o que eles faziam. E eles não se viam entre si. Primeira: ira contra mim mesmo. Segunda: ira contra os demais. Agora: ira contra Deus.

Pois eu, no terraço do nono amigo e em frente a meus vizinhos, fazia em minúsculo, em miniatura, em piolho, o papel de ver em globo – ainda que não fosse mais que a lateral de uma casa – aquilo que os desse mesmo globo viam segmentado. Um aspecto do papel de Deus.

O velhote dos meios minutos! Da vez, por exemplo, em que, aproximando-se um pouco mais de sua janela, mostrou seu bigode sobre o parapeito:

Nesse mesmo instante o senhor de baixo tossiu e uma das datilógrafas do andar inferior virou bruscamente sua cabeleira dourada. E daí?

Algo, muito:

Evoquei o último século da era humana. Multipliquei para além de todas as possibilidades de minha mente quantos fatos estiverem por acontecer e os lancei para além da Terra, aos planetas, ao Cosmos inteiro para envolvê-lo também. Enormidade de fatos em imensidade de tempo.

Pois então, por enormes que os fatos fossem, por imenso que o tempo fosse, jamais, jamais um pequenino fato minúsculo num instante fugaz e incolor, jamais, jamais seria conhecido por aqueles que foram seus atores, jamais por eles. Mas sim por mim.

O velhote jamais saberia, jamais saberá que ao despontar seu bigode por detrás dos vidros, um homem, um senhor de seu próprio total, tinha lançado pelo ar uma tosse. E este também não saberá – por mais que fatos e tempo se agigantem – que sua tosse correspondeu exata a uma cabeleira de ouro espumoso no momento de virar.

Esta linha de coincidência que caiu instantânea como uma agulha imóvel trespassando num mesmo instante de tempo essas três pontas de fatos, esta linha que enlaçou os três num instante único e comum para eles, esta linha, eles a ignorarão, ainda que prolonguemos o tempo e os fatos para além de todos os cálculos possíveis.

E eu a saberei enquanto durar minha própria eternidade.

Nesse momento a dama que apalpa e fuça esteve imóvel. Mas pôde ter falado ou ter erguido uma seda alaranjada pelo ar de seu quarto ou ter vacilado para cair inanimada.

Eu teria sabido.

Mas aquele velhote, não. Ele nunca teria sabido que seu bigode branco, tocando as madeiras pardas de seu parapeito, era a mesma linha, exatamente a mesma, de uma mulher caindo ferida entre sedas.

Eu, sim.

A mulher teria morrido. Sua alma, levando seus méritos e pecados, teria voado até o trono do Supremo Fazedor e ali teria se desfeito para ser vista e julgada. Mas seja qual fosse ou deixasse de ser sua sorte, continuaria – alma marchando, penando – ignorante de que seu desprendimento tinha sido uma única linha de coincidência com o virar do ouro da moça, com a sacudida de soluços do homem, com o bigode do velhote apontando para a rua como as presas de um cão em fúria. Ignorante, ela. Eu, não. Algo, sim, muito. Muito é ter tido um pouco – ainda que muito pouco – da visão de Deus sobre quatro seres que numa casa num instante são "um" e que não atinam com se saberem, nem atinarão jamais.

Ira contra Deus. Ira por ter me feito pressentir – mesmo que apenas por um instante mínimo e mesmo conservando minha qualidade de mínimo ser – uma mínima parte do Seu papel. Pois quero permanecer no meu, sem distrações nem vislumbres, papel de homem verme que se arrasta e que, se for muito seu desamparo, chame e clame, sobretudo, pelos Infernos.

Não bastas, também, nono amigo, para devolveres a paz a meu espírito.

Nove andares em sentido inverso. Ruas, pernadas. E agora procurar a calma por outra trilha.

1º DE JULHO

Hoje vaguei sem rumo. Atrás de mim, passo a passo, o dedo de Deus. Senti sua presença a todo momento. Duas vezes se cravou na minha nuca. Mas fez isso de forma leve, de forma equívoca. Fez isso como vislumbre de um vislumbre, enredando-me em minhas próprias apreciações sobre sua identidade.

Eis, então, como as coisas aconteceram:

Eu ia por uma avenida central de grande movimento. De repente um acidente: uma gôndola e um carro se abalroam. Tumulto, vociferações e demais. Dois homens se esbofeteiam. Feridos, um morto, Assistência Pública, carabineiros. Num momento me pareceu que aquilo ia mudar o rumo da cidade inteira, por conseguinte do país. Mas em um minuto, talvez em menos, tudo se apaziguou. Como num passe de mágica, o sumiço geral: contendores, policiais, Assistência Pública, curiosos, tudo. A circulação normal da avenida voltou sem deixar nem um rastro do acontecido, nem mesmo um.

Pois bem, ao recuperar a via seu rosto habitual, por uma esquina, apareceu Estanislao Buin, com sua pasta de títulos e ações debaixo do braço, com seus oculozinhos de ouro e suas costas encurvadas, apareceu com grandes pernadas sonoras. E passou.

Passou do lado – qual o quê! –, por cima, pisoteando, sapateando, bem no local, no ponto exato onde, segundos antes, dois veículos se abalroam, pessoas se esbofeteiam, vários são feridos, um falece e a ordem pública acorre. E passa, repito, por ali mesmo, passa, pernada a pernada, sem perceber nada, sem nada olfatear, quase apagando a veracidade do acidente anterior, e apresentando-se como um ser inverossímil ao beirar assim, por um milímetro, por meio milímetro, um fato sensacional, sem saber, sem ter sabido, sem jamais vir a saber.

Fiquei mais de vinte minutos imóvel na minha esquina sem compreender, ou, antes bem, compreendendo como absurdo, essas viradas de destinos, essas linhas serpenteantes que se enredam, se entretecem e não se tocam nunca, perdendo-se cada uma num mundo de ignorância, lado a lado, num mundo de não saber.

Continuei vagando. Agora vou por uma rua aprazível com pequenos jardins de um lado, casinhas residenciais do outro. Uma delas: a de um amigo, um conhecido, melhor dizendo, cujo nome calarei pela tão simples razão de ele me ser altamente antipático e de o considerar como um dos mais insignes representantes de nossa imbecilidade.

São 3 e 32 da tarde. As janelas de seu gabinete estão fechadas na parte inferior, abertas na superior. Sinais inequívocos – o da hora também – de que o sujeito está lá dentro. No mais, por outros dados, sei que lá está. Sobre este ponto não há dúvida possível.

Bem. Este personagem deseja me ver, necessita me ver, minha presença ou não presença perante ele pode fazer seu destino mudar contra ou a favor. Mas várias circunstâncias (que calarei também) nos obrigam a nos encontrar por mero acaso e mais nada. Não é cabível outra solução.

Resumo: ele, lá dentro; eu, passando pela rua.

Passo na frente da sua casa, lentamente.

Sou seu destino, uma possível mudança em seu destino que ele anseia e necessita. São 3 e 33 exatas. Na frente da janela dele. Detrás dela, o homem mergulhado em seus velhos pergaminhos. Passo.

Passo, afasto-me. Já estou fora, longe de sua órbita.

Não, ele não soube que parte de seu destino acaba de passar, lentamente, junto dele, que teria bastado um passo adiante para encontrar a ocasião casual de endireitar tantas linhas que se torceram em sua existência. Ele não soube de nada. Nada! Nem sequer um estremecimento numa das pontas de uma folha de um pergaminho. Nem mesmo uma mosca inoportuna que o obrigasse, precisamente às 3 e 33, a interromper a tarefa com algum gesto diferente. Nada!

E o que passa sou eu. Com um dedo de Deus cravado na nuca e obrigando-me a avançar.

Duas cravadas em pouco tempo. Total: cansaço, fadiga.

Mas à noite, hoje à noite, viria a distração e, portanto, o repouso. Comeria conosco, com meu irmão Pedro e comigo, o cínico de Valdepinos. Será cínico, mas a conversa dele, justamente cínica, dissipa, por isso mesmo, toda moleza, toda preocupação.

Às 9 em ponto se apresentou na soleira de casa a alta figura do cínico de Valdepinos.

Antes de prosseguir:

Há duas coisas, dois seres, que deveriam marchar sempre unidos pela vida, melhor dizendo – pois nem todos são acompanhados pela sorte –, que deveriam ter marchado. Porque bem é verdade que o destino os pôs de um lado e de outro e não permite que se juntem, pelo menos enquanto um deles estiver neste belo país do Chile, ou o outro não encontrar os meios de abandonar sua doce terra da França: o cínico de Valdepinos está aqui; o Pernod, lá.

Mas isso é em princípio, é como se fosse "a Lei". Entretanto, na prática, numa prática frouxa, agonizante, as coisas não acontecem exatamente como exigido pela lei: algum tempo atrás, um amigo que mora em Paris me enviou duas garrafas de Pernod.

A primeira, há meses ficou vazia, mas a segunda se destila suavemente. Atualmente guarda ainda metade do conteúdo. Metade que é preciso defender, como a terra de honra, polegada por polegada! Talvez ao se esvaziar sua última gota ela seja a última a se esvaziar na história chilena.

O cínico de Valdepinos come e conversa. Atrás dele, um armário, e num de seus compartimentos monta guarda o meio litro final, silencioso, espesso, e de opala. Se o cínico de Valdepinos soubesse!

Comemos, conversamos. Mas eu sinto que alguma coisa destemperada cruza de vez em quando por cima de nossos pratos.

De repente Pedro é atravessado por uma lembrança: no mesmo armário, no fundo, guardou uma velha garrafa de tinto. Levanta-se com estrépito, abre, mergulha a mão, retira-a: entre seus dedos vem a garrafa de Pernod.

Pedro, com sua insuportável ligeireza, com seu imperdoável atordoamento, ergue-a pelo ar e, visando sempre seu velho tinto, assenta-a com igual estrépito em cima do armário, precisamente atrás da cabeça do cínico e grande amigo.

Ali está ele: na frente, eu. Desenho seu rosto afiado de avestruz malicioso, sua calva nascente. Sobre ela, coroando-a, como outro avestruz encarapitado na cabeça do primeiro, o Pernod.

E o cínico de Valdepinos engole e conversa, continua indiferente e ao mesmo tempo impávido à história de uma idosa histérica que nós três conhecemos.

Vinte e quatro segundos! Pedro procura seu tinto, encontra-o, eleva-o, apalpa-o. Vinte e quatro segundos! Sua mão se estica, pega o Pernod. O Pernod some. O armário se fecha... Santo Deus! Durante vinte e quatro segundos – repito – o maior deleite desse homem esteve sobre ele, deteve-se ali, atrás dele! Uma virada de olhos, e o teríamos esgotado até o último gole e outras teriam sido as nossas ideias, outras as nossas andanças e seguramente outros os nossos destinos.

Em todo caso – estou certo – para o cínico de Valdepinos.

Mas ele nada soube. Nem mesmo suspeitou que dez ou quinze centímetros atrás de seu crânio permaneceu por quase meio minuto o que para ele teria sido o doce alívio de suas saudades parisienses.

Neste momento deve ir a pernadas solitárias por uma rua obscura. Pobre Valdepinos!

Quanto a mim, voltei ao lugar ocupado durante a refeição. Tirei a garrafa de Pernod e voltei a colocá-la no mesmo local em que a irreflexão de Pedro a colocou:

O que eu fui para o tio dos pergaminhos, ela foi para o cínico de Valdepinos. E o cínico de Valdepinos foi, também, para ela o que Estanislao Buin foi para o acidente da avenida.

Mas ninguém – nem homens nem garrafa – ninguém soube.

Exceto eu.

Hoje, portanto, e novamente, ira contra Deus.

1º DE AGOSTO

Hoje passei por um bom momento seguido de outro de grave preocupação.
Bem de manhãzinha, César Miró apareceu em meu escritório. Assentou-se. Guardou silêncio. Depois me contou o seguinte:
Tinha amanhecido alegre. Tinha pulado da cama cheio de otimismo. Tinha se debruçado no terraço e alegria e otimismo não tinham feito mais do que aumentar: em meio à Praça de Armas, rodeado de público atento e entusiasta, tinha enxergado, falando com voz potente, seu "Homem vestido de verde". Bom início para um dia! Em seguida, tinha voltado para a cama e tinha pegado o jornal.
Até aqui o bom momento dele e, por amizade, meu.
Mas vamos adiante:
Miró está ligeiramente recostado. Seus dois braços caem ao longo da cama. Entre eles, o jornal, estendido, aberto e à espera. Ainda não é tempo de ler. Pensa-se no espetáculo da praça. Sim, vamos pensar nele.

Porém, logo começa a se desprender das páginas do jornal um ligeiro murmurinho universal, que zumbe em volta dos ouvidos. É preciso ler. Miró as ergue diante dos olhos até deixá-las perpendiculares à superfície das águas dormidas, isto é, a sua cama, a seu corpo, a seu chão, a esta terra. Ele as ergue com um gesto brusco, instantâneo. Ele as ergue e olha. E começa aqui o segundo momento, de grave preocupação:

Ao erguê-las e ficarem perpendiculares, todas as letras de todas as palavras da primeira página, todas sem exceção nenhuma, afrouxaram-se, soltaram-se e caíram com cintilante ruído de guizos.

Bom amigo! Sozinho em seu quarto com uma folha em branco na frente dos olhos. Bom amigo! Coberto com milhares e milhares de letras espalhadas sem significado nem razão.

E agora a penosa tarefa de voltar a alinhavá-las, umas após as outras, milhares de milhares, até voltarem a significar o que ontem acontecia em todos os cantos do mundo.

Pega dois "As", que serão, não se duvide, os que mencionavam SUA *ALTEZA* em seu casamento. Já é algo! Mas podem ser também os que diziam respeito a uma R*A*MEIR*A* que pôs fim a seus dias.

Pega um "S", pega um "E": Não há jornal que não estampe Sua Excelência, dia a dia, na primeira página, e o chame assim: "S. Ex.ª". Vamos, deste modo, pelo bom caminho. Mas uma dúvida se ergue, a dúvida de um profundo erro: esse "S" pode ter sido o que iniciava os Sepulcros violados na noite passada; esse "E", o que iniciava os Escravos disfarçados que ainda gemem caladamente em cada ponto de cada continente.

Tarefa delicada! Tarefa eivada de perigos que espreitam o paciente e quase interminável ajuste laborioso de cada letra caída no significado que lhe deu à luz!

Mais vale deixar lá tal imbróglio e vir buscar o conselho de um amigo.

Miró passeia ao longo do meu escritório. A cada passo se solta de sua roupa uma letra presa a ela. Junto aos meus sapatos jaz um "f"; um "t" pende da grade de minha janela; um "o" quica no chão, agora rola e, em seu rolar, atropela uma mosca que, plácida, tomava o triângulo de sol matinal que às 9 sempre me visita.

Não atino em dar nenhum conselho.

César Miró vai embora.

Ao passar pela soleira da minha porta, deixou cair nela um "i" minúsculo, ínfimo "i" de alguma palavra perdida que em algum momento teve um significado qualquer. Ali está, ereto, equilibrando seu pingo diminuto.

Enquanto viver nesta casa cuidarei bem de não pisar nele. Farei um desvio e acenarei para ele. E ele permanecerá na minha soleira como uma sentinela impedindo minhas preocupações domésticas de saírem para a rua, e impedindo minhas visões de rua de entrarem em casa.

1º DE SETEMBRO

Hoje vim para o litoral. Tantos dedos de Deus, tantas preocupações graves me induziram a abandonar a cidade e procurar o equilíbrio em frente ao oceano.

Sentei-me entre rochas: a meus pés as ondas e tudo quando os poetas cantam.

Olhei para uma delas pelo espaço de uma hora ou mais. Inchava, escorregava, explodia, desfazia-se... Mas como tornava a se repetir da mesma forma, era sempre a mesma, durante toda essa hora e mais, durante todo o passado e seguramente o porvir também.

Feita essa constatação e já inquebrantável minha fé nela, dispus-me a enfrentar outras meditações, mas antes quis medir, delimitar com toda exatidão, o tamanho da onda única, como fazemos espontaneamente para depois poder seguir com a nossa marcha, perante uma árvore, um animal, um semelhante, perante qualquer coisa que se encontra com nossos olhos e pede para ser conhecida.

Nesta tarefa empreguei mais de uma hora, quiçá duas, quiçá três. E o resultado foi não medir, não delimitar nada. Porque:

Lá vem a onda recolhida sob seu próprio lombo. Vem sórdida e longamente tremulante. Sem hesitação, esconde a cabeça, mergulha a cabeça em direção às profundezas, sem querer profaná-la com as brisas, com o sol, com o azul e os pássaros. Toda ela pensa em direção às funduras. E eu só vejo a dor de seu lombo descoberto.

Isso mesmo. Tinha diante dos meus olhos uma vasta dor. Mas enquanto não detectasse claramente um corpo definido que a experimentasse, tal dor ia ficar em tons de cinza, em fumaças, desorientada sobre o mundo.

A onda. A onda é uma, uma única entidade. É essa, absoluta em sua existência. Essa onda única é quem sofre. Não faz mal que se desfaça. Ela se refaz. Refaz-se mil vezes porque aquela dor subsiste.

Bem. Mas vamos delimitar rigorosamente o corpo sofredor. Esse corpo que avança, que ondula, espesso, que muge.

Agora se contorce, debrua-se de branco, curva-se, troveja. Cem jorros de espuma saltam. Lá atrás as flores tremulam. Ali na frente o sol treme. Um homem se detém. Um cachorro late. Os leques brancos saltam por todo o firmamento. E a meu lado, aqui a meus pés, por entre uma estreita encruzilhada de pedras úmidas, um fio de água, ágil como um lagarto, passa veloz, escala, lambe... Para e recua crepitando em direção à única onda.

Vamos medir.

A onda única, como um polvo, estendeu seus tentáculos. Um deles veio até mim. Esta água sibilante é sempre ela, está em sua medida, dentro de seus limites. Prova disso é que se recolhe para o corpo.

Novamente se estica. Melhor dizendo, estica um tentáculo. Vem. Salpica. Chega a três metros mais atrás do meu posto. Atinge uma pequena poça onde afunda um instante, onde toca, apalpa, cavouca. Deve colher grãozinhos de pátina violácea e salgada. Deve sentir um prazer doce, aveludado, ao espetar com seu último extremo a poça úmida e perfumada.

A poça tem duas concavidades. Primeiro uma grande, depois uma menor. Ambas quase circulares. Poderia ser um 8 deitado, a base para o mar, a cabeça para a cordilheira.

A água se refestela aqui dentro. Inunda a primeira parte, registra até seus últimos recantos, explora até as últimas fendas. Toca o gargalo de união. Examina-o rapidamente e com certeza. Passa. Lança-se. Enche a segunda concavidade. A onda única, submersa agora no oceano, sente um gozo salobro e são, gozo mil vezes repetido em todo este vasto campo de rochas e encruzilhadas.

Bem. A mim, só diz respeito este final a meu lado: Dentro da poça em 8 a água tenta agora retornar. Da concavidade pequena busca passagem para a maior. Refestela-se novamente. Cada pedaço de água quer ser o primeiro a ultrapassar o gargalo. Nenhum deles quer ficar estanque ali durante o intervalo entre dois movimentos. A poça pequena inteira luta, se move, se aguça, clama pelo seu vasto mar de origem. Essa água inteira tem saudades da linha azul do horizonte profundo.

E eu, do meu posto, olho a vida ao mesmo tempo reduzida e agitada da água da segunda poça.

Vive. Cumpre uma tarefa. Chega e vai embora, chega. Eu já disse: tem saudades.

Portanto ela não é a onda. É uma entidade à parte, uma unidade independente... Então?

O fim do monstro grande devia ser estipulado no gargalo do 8. A cabeça deste último, a que olha para a cordilheira, se tornou independente, se tornou individual. Em todo esse ser imenso, vivia outro ser diminuto, um ser confundido na grandeza, mas conquistador de sua personalidade, aguçador de seus instintos, sozinho entre pedras.

Delimitar no gargalo... Mas o corpo do 8 vive outro tanto. As mesmas fases, a mesma tragédia. E ao longo do fio de água não apenas há semelhança com o lagarto: há tanta vida quanto nele.

Pois bem, por esse fio segui até cair por fim no mar. De repente bati com os olhos em frente à onda em seu momento de estourar. Poucos minutos de contemplação da pequena poça tinham mudado totalmente o panorama das águas.

Cada pedaço delas, cada um na onda, vivia por sua conta. Cada seção que meus olhos abarcavam, a cada fixação deles, era um ser isolado, com sua vontade e suas paixões, em meio a milhões de outros correndo um destino paralelo..., paralelo, mais nada. Então a onda única, como ser único em sua monstruosa enormidade, não existia, não era. Era tão somente um resumo de destinos diferentes unidos por um desígnio superior, desígnio sem corpo, sem materialidade, sem cabeça, sem cabeça afundada, sem lombo doloroso roçando o ar.

A onda única não era mais do que uma marcha comum. Uma marcha, uma vontade, uma abstração.

Vivente em matéria, em corpo, em nervos, era unicamente cada círculo desenhado sobre o total pelos raios de minha visão. Como aquele jorro que irrompe ereto, branco, até o céu, que no alto se quebra em fogos de artifício. Aqui na minha visão não houve fixidez; ela o acompanhou de baixo para cima, cantando também como um pássaro. E justamente acima, onde ambos, jorro e visão, se detiveram, cem pontas de água em cem direções se individualizaram por sua vez durante a breve vida de um segundo e fizeram, dos longos metros do jorro, seu destino global que as submete.

Não posso senão me deter perante cada gota. Cada uma delas será a única realidade vital, pessoal, como eu, como todos os homens e bestas que isoladamente caminham e penam, sozinhos, com um destino e um mundo sozinho dentro do corpo.

Nada mais do que as gotas, nada mais, porque meus olhos são feitos para não dividirem além desse ponto.

Ali os olhos se detêm. Ali detenho. Até começar outra vez – gotas, onda única, poças, jorros –, inclinado sobre o silêncio de um microscópio.

Melhor continuar ao contrário. Delimitar em grande escala, escorregando por sobre o lombo imenso.

Assim fiz.

Ela procedeu como um tubo aberto em suas duas extremidades, então, espalhou-se até a infinitude do oceano. Não mais pequenos seres individuais agitando-se num movimento comum: agora partes moventes, membros, de um único ser que cresce, que se agiganta, à medida que minha imaginação navega por cima dos horizontes. Mas não fixei os olhos em nenhuma parte para não acordar e fazer dançar os milhões de pequeninos indivíduos que saltariam quando minha visão esbarrasse neles.

Eu bem me guardei de fazê-lo. Até que tive que olhar o céu: cinco patos silvestres vão passando em triângulo. É preferível ter que se entender com patos – ainda que sejam cinco – do que com as ondas embravecidas.

O homem, pelo seu tamanho, ocupa, mais ou menos, o ponto médio entre o átomo e a estrela; por isso, para ele é mais ou menos igual se ocupar do infinitamente pequeno ou do infinitamente grande. Mas pelo tamanho, ou pelo que for, ocupa um ponto muito mais próximo do pato do que do oceano. Portanto é coisa sem sentido se ocupar deste quando diante da sua visão passa aquele.

Prova disso é que se uma dor chegar dos patos – como chega das águas –, meu tamanho poderia, em seguida, verificar exatamente o tamanho e a localização de quem a sente. Um pato! Lá vai ele! Chego a experimentar com nitidez sua própria vida voando. Cada um de seus adejos bate em mim. Mas junto com ele vão mais quatro. Englobo-os com a visão. Meu ponto de mira já não é um deles, mas o triângulo agudo que sulca o ar. Cada pato esmaece sua vida própria dentro da vida própria do triângulo que marcha. E se eu me colocasse alto, muito alto, até dominar centenas de grupos de patos voando e evoluindo, cada pequeno triângulo se esmaeceria também com vida e tudo mais, e apareceria vital unicamente o conjunto de todos eles, bicho único, única vontade e vida. E cada grupo – sem dizer cada ave! –, um membro, uma célula se agitando, como nossos glóbulos em nosso sangue e ele no nosso corpo inteiro.

Mais alto! Vamos nos elevar mais, sempre mais!

Todas essas manchas escorregadias, lá embaixo, formadas por diminutos pontos pretos, não seriam mais o imenso bicho único mas uma seiva, uma medula dele, que agora seria o pedaço inteiro de litoral e mar, a região sob meus olhos, vivendo, sentindo, bulindo.

E mais alto? Talvez então a Terra inteira pudesse ser apenas uma realidade vivente. E meu pato?

Passa. Lá vai. Mas ele se desfez entre meus dedos.

Comecei a marchar aos pulos pelas rochas. Marchei, tentando de novo não assentar os olhos sobre nada para a vida não se multiplicar ou não se unificar amplificando-se. Marchei, temeroso de tudo quanto me rodeava, sobretudo dos patos que, eu sabia, continuavam passando sobre minha cabeça. Marchei, sentindo

a imperiosa necessidade de meditar com calma sobre oceanos, ondas, poças e patos e chegar, com tal meditação, a fixar bem claramente onde se radica cada vida independente ou se não se radica em parte alguma.
Bem. Aqui nesta gruta há paz. Assento e vamos meditar.

⌒

Mal percorrido um metro de meditação vi, de pé na minha frente, o mesmo senhor rechonchudo do Quixote que com um olho me interrogava.
Eu lhe explicarei tudo.
– Cavalheiro... (Num instante circular contei-lhe o quanto tinha contemplado.)
Passei por alto outro instante cheio de duvidosos escolhos.
– Cavalheiro..., (E aqui, como se a meditação já tivesse sido verificada, relatei a ele com luxo de detalhes e eloquência ímpar, os resultados que teria obtido. O rechonchudo me parabeniza calorosamente.)
Sim, mas tem o instante dos escolhos. Instante inevitável no meu relato. Pois a primeira parte dele é de observação direta do natural; a outra, meditação sossegada. E entre ambas, uma união, um conduto que as une: o momento em que a observação pede para ser meditada.

Esse momento – que na realidade foi acompanhado de pulos pelas rochas – deve ser mencionado perante meu auditor. Tem que ser mencionado de algum modo. Vamos ver como:
– Cavalheiro, então... (Precisa haver um "então". Como evitá-lo?) Então..., comecei a meditar...; então..., pensei...
Não. Vale mais não meditar nem pensar se para isso é preciso passar por aí.
Vamos trocar o "então"; pode ser o causador de tudo.
– Diante de tal espetáculo, cavalheiro..., não pude me impedir de dizer..., refleti deste modo..., ruminei desta sorte...
Pior, pior. Parece que a coisa não jaz nem no "então" nem no "diante de tal". Estará no meditar, pensar, dizer, refletir, ruminar?
A passagem entre ambos os momentos arrepia seus escolhos. Dir-se-ia que é como um tributo a pagar para se obter a licença necessária para expor nossas elucubrações. Se eu for tirar algo a limpo do observado, tenho que passar por uma frase guardiã do teor dessas. Ruim, ruim! Não haverá outro meio, uma trilha extraviada, um contorno que evite os escolhos? Obrigação de pagar para nossa velha amiga "literatura" com uma frasezinha a seu inteiro gosto?

Estou acreditando nisso, melhor dizendo, continuo acreditando. Porque assim fui crer, firmemente, na gruta tranquila. Assim fui crer e, diante de tal crença, não meditei nada, nem um centésimo de nada, nem sobre os oceanos, nem poças, nem patos, nem sobre vidas grandes como constelações nem pequeninas como micróbios.

1º DE OUTUBRO

H oje voltei à beira do mar. Descobri um lugar maravilhoso. Para se ter uma ideia dele, imagine-se uma rocha em forma de monólito de uns 30 a 35 metros de altura; ponha-se a rocha em pé junto das ondas, de modo que estas açoitem sua base; tinja-se com céu azul tudo aquilo que não foi açoitado; imagine-se depois uma segunda rocha de igual forma e tamanho; ponha-se esta do lado da anterior, cuidando que entre as duas se interponham dois ou três metros, não mais; proceda-se com ela de igual modo no tocante a ondas e céu; cubra-se com areia e conchinhas o espaço deixado entre elas; ponham-se passarinhos marinhos em seus cumes; joguem-se ouriços, caranguejos-aranha gigantes e mexilhões em suas bases; ponham-se folhas de *luche* e *cochayuyo* à sua volta; ponham-se a esquentar no sol e contemple-se o todo num arroubo de admiração.

Isso foi o que fiz hoje desde as 4 horas da tarde até as 5 e 10. A essa hora, um desejo súbito me arrebatou:

avançar, passar por entre os dois altos monólitos, entrar no mar. Cinco minutos de reflexão e avante!

Nenhuma novidade ao avançar; nenhuma também ao passar por entre as rochas; mas uma pequena novidade ao pretender entrar no mar. Ei-la aqui:

Ao esticar eu o pé para bater com ele o extremo de uma onda que morria transparente sobre a areia, a água se recolheu e meu pé bateu em seco. Mais um passo: mesma coisa. Outro passo: o mesmo. No fim de sete passos, me detive esperando que uma onda, terminado o repuxo da anterior, voltasse a avançar. Vi a onda formar-se ao longe, vi a onda vindo. Quando chegou até mim, dei outro passo e o que disse antes se repetiu. Nono passo, décimo...: mesma coisa. No décimo terceiro, me detive novamente. Tinha apenas mais um passo para dar. Já se sabe o que existe entre o número 14 e eu.

Veio outra onda, a última! Queimei meu passo último. A onda debaixo dele escorregou e vim bater no seco outra vez.

Então, já sem mais passos para dar, me enterrei na areia até os joelhos e esperei.

Um minuto, dois minutos, três, quatro... Quatorze minutos. 14!

Ouvi pelo ar um cântico solene: trompetes, tambores, pratos, um bumbo e um banjo. E o mar, imóvel também, como eu, durante os quatorze minutos, ao ouvir o cântico, começou a marchar, foi embora.

Foi embora de todos os lados, dos quatro pontos cardeais, foi embora inteiro para o ponto, no horizonte, em frente aos meus olhos. E à medida que ia embora, descobria diante de mim, ao recolher suas águas, suas funduras ocultas, úmidas e perfumadas.

Plantas aquosas de ramos como línguas de monstros se esticavam e depois, ao não sentirem mais a branda pressão do mar, explodiam em aromas de iodo e sal. Mil bichos, como aranhas e grandes como cães, enlouqueciam, corriam, chocavam-se e, ao constatarem que não havia remédio para semelhante mal, enterravam a cabeça entre as pedras e agonizavam docemente. Milhões de peixes refestelavam olhos atônitos e, lançando um gemido, se desfaziam em gelatina. E as rochas submarinas, ao se verem subitamente nuas na frente do sol, afundavam-se, uma a uma, para jamais reaparecerem. E o mar inteiro, de todos os lados — repito —, continuava sua fuga para aquele ponto e sobre ele ia formando um imenso globo de água que virava as costas para mim.

Uma pausa. Já não ficava água alguma sem explodir nem bicho que não tivesse agonizado nem peixe que não fosse gelatina nem pedra na frente do sol.

Então o mar converteu seu globo, sobre o horizonte, numa cortina que cobriu o céu e ocultou a luz.

Outra pausa. E esta cortina marchou pelo alto, para a costa. Que magnífico espetáculo!

Acho difícil que alguém possa imaginá-lo se não o tiver visto com os próprios olhos. Um mar, um oceano em vez de céu, cachos de espuma em vez de nuvens, e um ou outro peixe destacado das águas substituindo gaivotas e pelicanos. Magnífico espetáculo! Eu, debaixo dele, estava em êxtase. Os mexilhões abriam e fechavam precipitadamente suas duas conchas aplaudindo com ruído de castanholas; os caranguejos-aranha assoviavam como sirenes por cada um dos espinhos de sua carapaça; e os ouriços, por sua abertura, deixavam que cada camarão aparecesse e alçasse suas pinças para a enorme cortina passando por sobre nossas cabeças.

De repente, lá em cima, muito alto, um ponto vermelho chamou minha atenção. Fixei o olhar nele. Ouriços, mexilhões e caranguejos-aranha se esconderam. O ponto vermelho caía. Caía e crescia. Não era ponto. Era um nó de ramificações, de braços. Caía. Ia tocar a terra atrás de mim.

Caiu além das primeiras colinas, nas minhas costas.

Desenterrar os joelhos foi questão de um segundo; os pés, de outro segundo. E comecei a correr.

O que tinha caído era um pedaço de coral. Senti-me perto e fui todo observação:

Esse pedaço, mal tocou a terra, consultou todos seus indivíduos e foi opinião unânime levantar um voto de protesto contra os zoófitos do globo inteiro e entoar um canto em homenagem ao reino vegetal. Em seguida, o pedaço em questão se agigantou e estendeu pelo ar centenas de ramos entrelaçados, ramos duros e brilhantes de mil variedades de vermelho sobre os quais serpeavam alvos e caprichosos debruns. Isto, quanto ao que se refere do chão para cima.

Do chão para baixo lançou raízes agudas e cortantes. Eu pus um raio visual numa delas e com ela comecei a descer e desci.

Atravessamos seis diferentes camadas da terra com velocidade inaudita e, ao chegar à sétima, nos detivemos. As raízes então sentaram praça e pediram licença para extrair dela seu alimento. Um personagem com rosto algo mefistofélico lhes concedeu todas as licenças que queriam. Depois voltei a subir junto com a primeira ração nutritiva.

Sentei-me novamente no mesmo lugar e olhei cheio de arrebatamento a árvore de coral. Mas algo me distraiu: debaixo dela, em pé, sorridente, com um largo sobretudo, chapéu-coco e guarda-chuva aberto, estava meu velho conhecido, o cavalheiro gorducho. Cumprimentou-me com extrema cortesia e depois, com voz pausada e piscando um olho, disse-me:

— Boa-tarde.

Tossiu, sorriu, cuspiu e acrescentou:

— Meu nome é Desiderio Longotoma.

Fechou o guarda-chuva e prosseguiu:

– Meu caro senhor: tenho o prazer de comunicar-lhe que com um olho acompanhei seu raio visual até as profundezas e que, com o outro, observei o senhor durante todo o tempo que durou sua descida e sua ascensão.

"Sobre o primeiro, nada tenho a lhe dizer, pois o senhor viu tanto quanto eu, embora eu duvide que tenha compreendido em toda sua abrangência as distintas camadas do nosso planeta, sobretudo a sétima. Porém, sobre o segundo devo advertir-lhe o seguinte:

"Enquanto durou sua viagem – melhor dizendo a viagem do seu raio –, o senhor dormiu com seu outro olho e com todo o resto do seu organismo um doce e beatífico sono. Sua expressão de néscio inefável, seu sorriso de cretino consumado impedem-me de abrigar a menor dúvida sobre o caráter do seu já mencionado sono.

"Não acredito, então, coligir equivocação alguma ao afirmar que o senhor não hesitava sobre se achar numa região paradisíaca junto a tudo quanto neste mundo e nos outros é bom, nobre e belo.

"Também não acho que fique no campo da falsidade ao garantir que tudo quanto seu raio via passar pelas seis camadas, e muito especialmente ao pernoitar na sétima delas, foi considerado pelo senhor com distração e até com desdém, pois não pode ter se poupado – algo humano, evidentemente – de fazer a comparação das doçuras em que aqui se embalava, com esse algo um tanto mefistofélico e até decomposto que lá o rodeava, e ter preferido mil e uma vezes as primeiras do que todo o segundo.

"Altamente penoso é-me ter que rebater suas convicções a respeito, ainda mais por perceber que estão solidamente estabelecidas dentro da própria cachola do senhor. Mas é o caso que, enviado aqui para esclarecer sua mente, devo eu proceder a mudar de centro suas já referidas convicções e restabelecer o equilíbrio e a verdade pondo em cima o que está embaixo e embaixo o que está em cima.

"Sem perda de tempo, e já que ele urge, hei de lhe dizer que o senhor acerta, no sentido de estar correto e de ter tido sorte, em ter qualificado de mefistofélicos ou demoníacos os seres e coisas da sétima camada, e de puro e celestial tudo quanto seu olho fechado e dirigido à abóbada celeste contemplava. Mas devo advertir ao senhor – e lhe peço que ponha nisto toda sua atenção – que um incrível e inqualificável erro dos homens, erro que perdura desde séculos e séculos, atribui ao subterrâneo da camada sétima uma marcada nuance nefasta, e ao que cintila no azul de cima, uma marcada nuance benévola.

"Um engano, meu senhor, um profundo engano!

"Centenas, para não dizer milhares de magos, no decorrer dos séculos passados, se esforçaram para fazer esta prodigiosa mudança de valores e o conseguiram a tal ponto que já é possível dizer sem exagerar que não há ser humano na Terra que não acredite que o mal grassa em tudo quanto tem chifres, rabo, sobrancelhas em ponta, cheiro de enxofre e espadim agudo; e o bem, em tudo quanto se colore de azulino, exala fragrância de lírios, arde como uma vela cintilante e abaixa as pálpebras suavemente.

"Meu senhor, eu lhe repito: um engano, um profundo engano!

"As coisas são justamente ao contrário.

"Há séculos o mal tem pétalas brancas e sedosas e o bem zune de noite empesteando o ar. Suplico-lhe que acredite em mim de pés juntos. E suplico-lhe também que acredite igualmente que nem um nem outro são eles mesmos em definitivo: são unicamente caminhos, caminhos longos e tortuosos, que no fim chegam a eles.

"Pois bem, meu senhor, como eu não duvido nem por um instante que o senhor deseje no mais profundo de seu coração se encaminhar para o bem, é-me grato proporcionar-lhe agora mesmo e neste mesmo lugar as melhores possibilidades para tal.

"Esta inquietante árvore de coral que suga seu alimento da sétima camada dos demônios e bichos rasteiros, lança, como o senhor vê, uma grande sombra encarnada, reflexo do que nessa camada se frágua e se realiza. Situe-se o senhor dentro dela e, já quando sentir que sua influência o inunda, entregue-se de corpo e alma às suas mais profundas elucubrações. Pode ser que deste modo o senhor chegue algum dia a ver o bem pelos seus próprios olhos. Pois não nasceu ainda o mortal que possa contemplá-lo sem antes ter passado longos anos sob uma sombra semelhante ou sob qualquer influência de natureza parecida.

"Sem mais por ora e esperando que o senhor saiba aproveitar em toda sua grandeza os sábios conselhos que lhe dei, é-me grato renovar meus votos como seu mais afetuosíssimo e reverendíssimo servidor e amigo.

"Repito meu nome: Desiderio Longotoma."

Isto posto, o bom homem cumprimentou, voltou a abrir seu guarda-chuva e foi embora.

A mim, agora, sob esta árvore magnífica e inquietante, resta pôr-me a matutar sobre tão sábias palavras.

1º DE NOVEMBRO

H oje fui operado da orelha e do telefone. O doutor Hualañé, em pessoa, manuseou clorofórmio e bisturi.

Eis aqui como as coisas aconteceram:

Há tempos eu amo Camila, desenfreadamente. Ela me ama um dia a cada oito, e durante estes ri de mim com tanto desenfreio quanto desenfreio há em meu amor desenfreado.

Faz dezessete dias, Camila levou seu riso para além de todos os seus anteriores desenfreamentos, de modo que naquela tarde retornei para casa com muitos mais desejos de morrer do que de viver. Mas antes de proceder a pôr fim a minha existência, disquei seu número de telefone,[3] e escutei.

Após poucos segundos, Camila respondeu. Pela entoação de sua voz, pensei que talvez tivesse já começado um dia 1 dentre 8. Mas depois tive que sofrer uma cruel decepção. A minhas palavras:

---

[3] O telefone de Camila é 52061, ou seja: 5+2+0+6+1=14!

– Eu te amo, Camila! Camila, eu te amo!, ela respondeu com um risinho precipitado, agudo, penetrante como alfinetes em guizos.

– Minha Camila, por piedade! – exclamei três vezes.

E seu risinho não fez mais do que aumentar.

Então, um profundo despeito amparou-se de mim. Com um gesto brusco e decidido, quis arrancar o fone do ouvido e cortar a comunicação e tudo que existisse entre nós dois. Mas ao dar início a meu gesto, senti uma forte dor em toda a orelha, como se mil demônios a puxassem. Ao mesmo tempo, seu riso seguia me penetrando com uma agudeza que me arrepiava os nervos.

– Camila, te suplico, não rias mais!

Em vão. Seu riso já se anunciava interminável.

– Camila, prefiro que digas que me odeias!

Nada. Fiz um novo esforço por descolar o fone de meu ouvido. Resistiu de tal forma que compreendi que insistir seria arrancar junto o pavilhão grudado nele. Tentei tirá-lo suavemente. Inútil. Tentei retirá-lo como se fosse um parafuso. Também não. E o riso dela continuava saindo, inesgotável, e derramando-se em minha cabeça. O que fazer?

Não tive senão um jeito: alcancei uma tesoura para cortar o fio. Não importava ficar com o aparelho colado numa orelha se com isso interrompesse o risinho desdenhoso e frio dela.

Dei uma tesourada e o fio partiu-se em dois. Salvo. Não! Seu riso fluía sempre, abundante, sonoro. Então corri pela casa. Santo remédio! Silêncio. Assim que me afastei um par de metros do telefone, silêncio.

Que alívio! Já não voltaria a ser torturado por esse riso endiabrado que me evocava toda a infelicidade que Camila via em mim. Já não continuaria entrando pelo meu nervo auditivo o símbolo ininterrupto de meu amor desafortunado. Silêncio, silêncio. Mas depois fui me apercebendo de que, na verdade, havia silêncio demais.

Nem um burburinho, nem um murmúrio, nem um eco abafado, nada. Meus pés sobre o assoalho pisavam algodão; minhas mãos ao se baterem não removiam nem uma onda no ar; minha voz, ao lançá-la com todo o poder dos meus pulmões, era uma abóbada subterrânea. Silêncio total.

Cheio de pavor, peguei uma garrafa de vinho do Reno e a mandei de chofre contra o grande espelho do meu banheiro: explodiu a garrafa, voou pelo ar o vinho, estraçalhou-se o espelho. E tudo isso como o silêncio que pousa com as noites sem nuvens sobre os cumes desertos e nevados da cordilheira. Paz de túmulo, paz absoluta. Supressão perfeita de toda manifestação de vida pelo ouvir.

Não vou negar: empalideci diante deste manto negro que caía sobre mim isolando-me por todo um lado dos demais seres e das coisas.

Uma esperança, no entanto. Com passos cautelosos avancei em direção ao cômodo do telefone. Silêncio, silêncio sempre.

Cheguei. Detive-me a três metros do aparelho, apoiando-me na parede. Do cabo cortado e pendurado caía a cada minuto uma gota de sangue. Mas nem um ruído, nem um sussurro, nada.

Avancei não mais rápido do que o ponteiro de um relógio. Silêncio.

Silêncio, sim, durante todo o interminável percurso do primeiro metro.

Até que cheguei ao extremo do início do segundo.

Então, longe, a distâncias inauditas, percebi, brumoso e cristalino ao mesmo tempo, um tilintar que, pela distância, me fez pensar nos antípodas; por sua qualidade, em chuva de vidros sobre gelo.

Continuei avançando. O tilintar aumentou. Agora parecia sua chuva escorrer pelo fone adentro encharcando-o. Mais um passo: o tilintar se modula, ganha corpo, vibra, ecoa. Meu destino fica marcado: sem defesa, submetido, cubro o último passo. E trovoa no meu ouvido o rir sarcástico, ferino de Camila.

Sem mais precauções ou cuidados! Agora pulo de um lado para outro; para o telefone, longe dele; para o riso de agulhas, para o silêncio total... Ou o desprezo inesgotável do meu amor único, ou o abismo mudo entre mim e o mundo.

E os dias começam a se debulhar fora dos meus tímpanos. Dias monótonos, exatamente iguais.

Durmo bem e acordo em horário fixo, mas com um terço a mais de fadiga do que antes, pois, das três possibilidades de repouso, uma deixou de existir para mim: posso dormir de costas e de um lado, mas do outro o fone aderido à orelha me impede.

Visto-me e contemplo-me por um longo tempo em frente aos pedaços sobrados do espelho quebrado. Ensaio todos os meios para arrancar semelhante apêndice: a força, a suavidade, o parafuso, uma faca, um creme. Nenhum resultado.

Passeio com pernadas brandas por todos os quartos e, de tempos em tempos, entretenho-me – único entretenimento possível –, constatando até a saciedade que tudo emudece diante da minha presença.

Depois sigo até o telefone. Por mais ingênuo que pareça, chego diante dele, a cada vez, com uma leve esperança: que o silêncio tenha penetrado até seus domínios. Não! Lá está sempre o riso de Camila, lá está enraizado no aparelho e mantendo-se suspenso no ar por vários metros em volta.

Volto para meu escritório. Ponho um disco no fonógrafo e me refestelo confortavelmente numa poltrona como antes. Quero, a cada dia, experimentar o grande prazer – ignorado para os outros – de saber que em todo esse cômodo "se ouve", e não ouvir!

Estico-me na minha cama. Fecho os olhos. Medito. A cada ocasião – como fumaças que se desenhassem ou como formas nadando entre fumaças –, sinto que do mundo silenciado começa a se esboçar outra interpretação; outra que será negada a quantos puderem apreciá-lo, também, ouvindo. Outra face, outro sentido, outra razão que apenas começam a crescer quando o silêncio é definitivo até a eternidade.

Depois lembro que esse não é meu caso. Pois se nada ouço em parte alguma, ouço, no entanto, e como!, assim que meu fone entra em contato com a zona ocupada pelo riso de Camila.

E se ela tiver se calado?

Renasce a esperança, dupla esperança: não ouvir mais seu rir maldito; poder marchar sem manchas pelas novas percepções do mundo que se insinuam.

Corro para o telefone. Estico o pescoço. Estendo o fone.

Camila ri, Camila ri, Camila tilinta e crava gelos e alfinetes sobre meu coração dilacerado.

E tudo volta a se repetir. O fonógrafo faz outro disco cantar.

Assim a cada dia, a cada hora. Ou o túmulo ou o desdém de Camila.

Lentamente, o hábito começou a tomar conta de mim. Todo o meu organismo se adaptava a este novo modo de existir. O túmulo se preenchia de significados mudos; o riso ia infiltrando minha voluptuosidade de sofrer. Uma felicidade doce e dolente ocupava por minutos, mais e mais, o lugar dos antigos tormentos. Mil objetos que antes escondiam sua vida íntima detrás dos sons que retumbavam por todas as partes, agora, dóceis, iam me entregando seus segredos como um presente delicado. Todo o vazio que me rodeava povoava-se de existências insuspeitas. E sobre este novo mundo, como uma pimenta, enterrava-se em minhas carnes o gozo afogado do martírio que me era infligido por Camila.

Faz três dias que declarei para mim mesmo que, dali por diante, poderia ser feliz até o fim da minha vida. Mas faz um dia, ontem, apareceu à minha porta o doutor Hualañć.

O bom homem tinha se informado – eu ignoro como – sobre a que ele – e até há pouco, eu mesmo – considerava minha desgraça. Eu expliquei a ele que isso não procedia. Mas ele não quis me ouvir. Andou na direção de uma janela e a escancarou. Com mil gestos, caretas e sinais, me fez entender que tudo aquilo, tudo quanto se via da cidade, das montanhas distantes, do céu, estava exuberante de infinidade de sons vivos.

O bom homem me tentava. O bom homem me tentou. Inclinei a cabeça.

Hoje veio, cloroformizou-me e operou-me. Depois voltou a colocar o fone no cabo que pendia sanguinolento. E eu, hoje, voltei a ouvir a vida.

Todas as existências sossegadas fugiram. Todas as minhas meditações tranquilas se esvaíram. Toda voluptuosidade na dor desapareceu. Agora tudo retumba com estrépito. E para saber a que me ater neste caos, que estou achando infernal, não tenho outra saída a não ser voltar a discar o número 52061 e esperar.

1º DE DEZEMBRO

Hoje retornei de uma longa viagem. Pouco depois de operado, e por conselho do próprio doutor Hualañé, embarquei em Valparaíso, no S. S. *Orangután*, da H. T. T. K. C.

As escalas que fizemos foram as seguintes:

Coquimbo – Alegre e pitoresca cidade em meio a uma vasta e plácida baía. Como é sabido, Coquimbo é a terra das palmas-do-chile e dos *guindos*. Tudo aqui nasce, cresce, vive, frutifica e morre em função dos *guindos* e das palmas. Aquilo que não segue esta linha funcional é imediatamente apreendido pelos carabineiros e jogado no mar com uma pedra amarrada no pescoço e, no caso de não tê-lo, amarrada a sua parte mais proeminente. Durante nossa permanência tivemos a oportunidade de testemunhar duas submersões definitivas: a) de um sábio alemão que cometeu a imprudência de declarar diante dos grandes do país que era mais importante o estudo do verme órbito-extraesclerótico do pterigoide do que o estudo de qualquer palma ou de qualquer *guindo*, não importa o quanto se estivesse ou pernoitasse em Coquimbo; b) de um colchão que, inocentemente, rasgou uma extremidade de seu forro deixando à vista dos olhos da autoridade seu conteúdo: estopa de algodão!, e não filamentos de palma com serragem de *guindos*, como são todos os outros da cidade.

Afora esses atos que feriram um pouco nossa sensibilidade de homens santiaguinos, no mais tudo foi delicioso, francamente delicioso:

Onde olhássemos e no modo com que olhássemos, nossos olhos caíam numa palma escoltada por dois *guindos*, e a única mudança que tão inefável quadro tinha era, às vezes, apresentar apenas um *guindo* custodiado por duas palmas.

Nosso arroubo começava a ser tanto que o capitão fez levantar âncoras sem perda de tempo.

Antofagasta – Alegre e pitoresca cidade em meio a uma vasta e plácida baía. Cidade que nos deixou uma indelével lembrança. Pois é de se ver quantas surpresas oferece ao viajante toda uma cidade de lã. Casas de lã, ruas de lã, árvores de lã, habitantes de lã. E de quando em quando, enrolada em tanta lã, passa e boceja uma lareira e agoniza um famélico faquir.

Quanta paz nesse céu de lã! O cidadão daqui não faz mais do que contemplá-lo erguendo uma pupila de lã. E, modulando docemente esse seu nome querido de "An-to-fa-gas-ta", cai em êxtase pensando que antes, antes, tudo, por não ser de lã, se gastava, mas agora, que é de lã, não se gasta. Então manda afinar todos os instrumentos da comarca em fá, e com eles, e sempre em fá, canta embalando-se até que lá no ocaso, o sol, ao se ocultar, deixa em seu lugar um sabor de lã astronômica.

Iquique – Alegre e pitoresca cidade em meio a uma vasta e plácida baía. Que diferença tão marcada das duas anteriores! Quase se poderia acreditar que não pertencessem ao mesmo país. Observe-se:

Iquique é o berço, o berço único universal, de quantos passarinhos houver na Terra com canto estridente ou entrecortado.

Nenhum passarinho que cante desse modo e não tenha visto a luz do dia nesse porto consegue sobreviver: é alimento certo, fatal, de serpentes, escorpiões, caranguejeiras e outros bactérios. No entanto, os aqui nascidos – que logo se propagam em velozes voos pelas cinco partes do globo – chegam a ficar velhos, chegam à extrema velhice, a essa velhice sem penas, sem asas nem bicos, mas sempre com seu canto primoroso, agudo e batido.

Os habitantes daqui apenas tentam imitar tais notas de algazarra. E com razão. É tanto o atrativo que fazem zumbir pelo ar que, dez minutos depois de ancorados, todos nós, passageiros do *Orangután*, começávamos também a trilar como os lindos passarinhos. O que, visto pelo capitão, induziu-o a abafar nossos assovios fazendo ressoar a sirene do navio, e depois deu ordem de zarpar.

Mollendo – Alegre e pitoresca cidade em meio a uma vasta e plácida baía. Mas aqui a coisa é de outro modo. Em Mollendo tudo é redondo, algodoado e da cor do café. E além disso tudo é mole, fofo, tanto, que seus habitantes descansam em qualquer parte, onde a preguiça os surpreender: num galho, num penhasco, na chaminé de uma casa, nas ondas do mar, estou dizendo, em qualquer parte. Ali ficam cochilando.

Depois vão comer. Comem unicamente bolinhos redondos com sabor de terra. Depois enxáguam as mãos no mar, e como a água é pardacenta e pardacentas também as migalhas dos bolinhos que ficam nas mãos deles, a cada enxágue de cada habitante Mollendo vai ficando mais e mais parda. Acresce que, por causa do vento terroso que todas as noites sopra aqui e das lambidelas frouxas das ondas, Mollendo também se arredonda mais e mais.

O capitão me disse que daqui a poucos anos, neste local não haverá mais do que uma coisa redonda, da cor do café com leite e com consistência de algodão.

Huacho – Alegre e pitoresca cidade em meio a uma vasta e plácida baía. É também um porto curiosíssimo. É formado por montanhas de sal transparente, iguais a essas pedras de sal que dão para o gado lamber. O mar, ao refleti-las, adquire uma cor glauca.

Os habitantes daqui – nem precisa dizer – são como todos os habitantes de todos os lugares, mas, ao passarem por detrás dessas montanhas, ganham formas extravagantes, de girinos quebradiços.

O barco, ao zarpar, foi deixando atrás de si uma espécie de gosma incolor e tediosa. Nós olhávamos tudo aquilo com olhos mortos e glaucos como o mar.

Pacasmayo – Alegre e pitoresca cidade em meio a uma vasta e plácida baía. Que diferença de todo o anterior! Que mudança! Que loucura de coloração! Nas folhas e nos frutos daquelas árvores estavam todas as cores imagináveis e muitas outras que eu jamais tinha visto. E todas elas fortes, vibrantes, definitivas. Até o mar era ali uma paleta revolta de um pintor enlouquecido. Sim;

o mar era de óleo, espesso, movia-se lentamente e tingia o casco do barco com arcos-íris que depois caíam descolando-se. Os marinheiros enfiavam um dedo nessas cores e o chupavam deliciados. E o mais curioso nesse porto fantástico é que em cada árvore, em cada galho e em cada fruto havia uma arara e um papagaio.

Todas as araras e todos os papagaios gritavam ao mesmo tempo e sem se deterem nem por um segundo. Era tal o ruído que faziam, que, durante as vinte horas de permanência, nós, passageiros, tivemos que nos entender por sinais, pois não havia modo de nos fazermos ouvir.

Quando nos afastamos dali, Pacasmayo se via ao longe como uma fogueira cujas línguas de fogo, vermelhas, amarelas, verdes, alaranjadas, se moviam e se enrolavam devido a que um pouco de vento balançava os galhos das árvores e as penas das araras e dos papagaios.

Da fogueira saía e chegava até nós o canto azedo dos pássaros; depois um murmúrio desafinado; até que o sol se pôs e Pacasmayo desapareceu e as araras e os papagaios se calaram.

Pimentel – Alegre e pitoresca cidade em meio a uma vasta e plácida baía. Mas muito diferente do porto anterior.

Uma planície verde-nilo, interminável. Nela, milhares, milhões de arvorezinhas, todas a igual distância. Os troncos eram retos como alfinetes; a folhagem, redonda e quase preta. O capitão em pessoa me disse que essas árvores eram as que produziam a pimenta. Assim que ele disse isso, ambos começamos a espirrar ruidosamente.

Durante os três dias que permanecemos fundeados ali, não apareceu ninguém, nem um cachorro na terra, nem um peixe na água, nem uma ave no ar. Entediado, o capitão deu ordem de levantar âncoras e o *Orangután* fez proa para,

Paita – Alegre e pitoresca cidade em meio a uma vasta e plácida baía. Enormes folhas verdes, baixas, que se inclinam para a terra formando cavidades azuis.

As pessoas dali estão descansando nessas cavidades, cantarolando com muita moleza. Comem abacates com azeite. As cascas são jogadas no mar, um mar muito azul também, que vem até debaixo das folhas. Um mar que não tem horizonte, pois, à altura na qual ele devia estar, as folhas já escondem tudo.

Eu, por curiosidade, levantei uma folha. Também não vi o horizonte, pois apareceu perto, perto de mim, um morro que o ocultou. Um morro que rodeava todo o mar. Era cor de cereja-metálico, exatamente da cor dos caroços dos abacates. Essa cor de cereja se reflete em curtas mas numerosíssimas linhas sobre o azul da água. O capitão me disse que o morro era realmente de metal e que, começando pela base, estava se derretendo e se espalhando líquido pelo mar. Para lhe responder, larguei a folha e o verde voltou a saturar tudo. Minha resposta se tornou inútil.

Manta – Alegre e pitoresca cidade em meio a uma vasta e plácida baía.

Esta cidade tem três moradores que vão se alternando para cumprir as três atividades necessárias nesta terra. Quando um vela, o segundo dorme e o terceiro come. Depois quem vela dorme, quem dorme come e quem come vela. Assim sucessivamente até o infinito.

Quem vela está em cima de um pinheiro, cumprimenta os barcos que passam, acorre aos barcos que fundeiam e aperta as mãos de oficiais, passageiros e tripulação.

Quem dorme está sob uma barraca vermelha. Ali dorme profundamente e sonha, sonha – sempre o mesmo sonho –, sonha o infeliz com as belezas e grandezas de Guayaquil.

Quem come está à espreita detrás de um matagal. De repente estica um braço e pega um pelicano. A seguir o devora vivo, com bico, com patas, com penas, com tudo. Contam que o pelicano lança gritos dilacerantes.

Com efeito. Não fazia ainda uma hora que estávamos fundeados quando perfurou nossos ouvidos o mais horrível, o mais apavorante uivo possível num ser vivo. E pudemos depois ver como tal grito espantava as demais aves da comarca e sobretudo os mesmos pelicanos: o céu se cobriu de centenas de milhares de pássaros tomados pelo terror. E entre eles atravessavam os tristes e serenos irmãos da vítima batendo as asas com majestade, mas deixando cair de suas pupilas lágrimas amargas.

De repente um deles, perdido o juízo pela dor, não soube se orientar sobre a baía e penetrou pelo olho de boi de minha cabine.

A voz de alarme correu instantaneamente de extremo a extremo do navio:

– Pelicano a bordo! Pelicano a bordo!

Então, sobre o mastro da mezena, ondeou a bandeira de perigo; sobre o traquete, a de resignação diante dos grandes males. E a sirene chorou lúgubre, enquanto as duas âncoras, sem que ninguém as levantasse, chegavam à superfície, lastimosas como duas velhas encharcadas.

O capitão tinha ficado grave e arisco. Disse apenas:

– Retorno...

O *Orangután* se afastou lamuriento de seu fundeadouro e, estalando por toda sua estrutura, foi embora para o horizonte.

Quanto lamentei tão inesperado fim para nossa viagem! Que funesto contratempo! E pensar que, mais algumas milhas, teríamos chegado ao termo da navegação, o porto de Buenaventura que, segundo a opinião geral, era uma alegre e pitoresca cidade em meio a uma vasta e plácida baía.

Mas não tinha jeito. O capitão tinha dito "retorno" e o *Orangután* docilmente obedeceu.

Voltamos sem tocar porto algum, descrevendo um amplo círculo pelo oceano. E hoje, com indescritível regozijo, voltamos a ver sobre seus morros a alegre e pitoresca cidade de Valparaíso, branqueando em meio de sua vasta e plácida baía.

Eu, durante todos os dias que durou o retorno, fiquei trancado em minha cabine, metido no leito, sem ver ninguém, sem comer nada, sem mexer membro algum. Atrás de mim, sobre a minha cabeça, parava o pelicano de Manta, movendo com lentidão suas grandes asas aconchegantes. Assim ele embalou os sonhos que vim fazendo sobre as águas, assim peneirou com doçura as lembranças passadas que se amontoavam na minha mente, assim coloriu de ouro e encarnado os projetos que para o ano próximo começavam a germinar e a revoar junto ao sussurro das ondas.

E assim, o nobre pássaro acompanhou-me dia após dia, hora após hora, sem gritar, sem pestanejar, apenas batendo em silêncio, como disse, suas asas brandas de algodão.

Ao colocar o pé em terra, vi-o afastar-se pelo ar e se atirar bico abaixo para as águas, atrás de um peixe-gato que nadava veloz atrás de uma pulga-do-mar.

E não voltamos a nos ver.

31 DE DEZEMBRO

Hoje reli este diário com vagar e penetração. Não duvido: tem que estar bem pela razão muito simples a seguir:

Todos os dias nele anotados começam dizendo: "Hoje...", seguido de um verbo no passado.

"Hoje amanheci, fiz, estive, fui, transpus, vivi, vaguei, passei, vim, voltei, fui, retornei, reli."

E um diário que começa sempre de tal modo – posso garantir –, beira a perfeição, pois cumpre, a esse respeito, a lei inviolável, lei sagrada!, que promulgaram, desde que os séculos são séculos, todas as mocinhas que se desafogam em papel e tinta, e todos os sábios professores de gramática e retórica.

Amém.

SOBRE JUAN EMAR
por César Aira

Álvaro Yáñez Bianchi (1893-1964) adotou na juventude o pseudônimo jocoso de "Juan Emar" (do francês *j'en ai marre*, "estou farto") para assinar os combativos artigos sobre arte que publicou entre 1923 e 1925 no *La Nación*. O jornal era propriedade de seu pai, Eliodoro Yáñez, destacado homem público (foi senador, ministro de Relações Exteriores e conselheiro de Estado, e editor de *La Nación* entre 1917 e 1927). Seu filho, único homem sobrevivente entre várias irmãs, passou quase toda a sua vida na França, primeiro em Paris, depois em Cannes. No Chile, após a adolescência, esteve em três ocasiões, por poucos anos, e foi então que escreveu o grosso de sua obra. Seu primeiro retorno, aos 30 anos, durou apenas dois. Chegava então, em fevereiro de 1923, com entusiasmo de promotor das vanguardas artísticas europeias, e com um grupo de pintores amigos (entre eles Camilo Mori e Luis Vargas Rosas) criou um grupo, denominado Montparnasse, para difundir as novas correntes. Em outubro apresentavam uma exposição, e a partir de então começaram a aparecer as "Notas de Arte" no *La Nación*, primeiro quinzenais, depois semanais. A campanha durou até 1925, quando Emar voltaria a Paris, com o cargo de secretário da Delegação Chilena na França, que exerceu até 1927, e foi o único emprego formal que teve na vida.

Em 1932, voltou pela segunda vez ao Chile, chamado por seu pai, que morreu nesse ano. Foi então, e durante cinco anos, que escreveu e publicou toda a sua obra visível. Em junho de 1935 apareciam, editados às suas custas, três livros, dois breves, *Ayer* e *Um ano*, e um mais longo, *Miltín 1934*. Ao mesmo tempo que estes, havia escrito quase todos os contos que apareceram em 1937 num volume intitulado *Diez*. O silêncio da crítica e a indiferença do público foram totais, e bastante inexplicáveis dada a índole tão surpreendente dos textos.

Ayer é o relato de um dia, de manhã à noite, passado pelo narrador em companhia da esposa. O primeiro dos oito breves capítulos, o primeiro passeio da manhã, é o espetáculo da decapitação na guilhotina de um criminoso, Rudecindo Malleco, condenado pelo assassinato de sua mulher, Matilde Atacama (os personagens de Emar reaparecem em todos os seus relatos). Daí se dirigem ao zoológico, onde presenciam um concerto de macacos e a devoração de uma leoa por um avestruz.

Os episódios vão se tornando mais estranhos à medida que a jornada transcorre. O penúltimo é uma curiosa manobra com o jato de urina num urinol, que lembra curiosamente o famoso *ready-made* de Duchamp. (É provável que Emar o conhecesse, já que estivera em contato com o grupo surrealista em Paris.)

Um ano é o diário de um ano, com apenas doze anotações, feitas no primeiro dia de cada mês. Nelas voltam a acontecer coisas estranhíssimas, protagonizadas pelos personagens que povoarão sua obra: na anotação de 1º de julho aparece "o cínico de Valdepinos", um de seus tantos alter egos; na de outubro, uma assombrosa aventura à beira-mar protagonizada por Desiderio Longotoma, outra figura recorrente.

Miltín 1934, muito mais extenso e ambicioso que os outros dois, deriva seu nome de um cacique araucano, talvez real, vencido por Valdivia, que chora a derrota, e segundo a lenda chora antecipadamente os males que sobrevirão ao Chile em sua história. O fio condutor do livro é a intenção, indefinidamente postergada, de escrever um "Cuento de la Medianoche", até que na última página chega a meia-noite de 31 de dezembro de 1934 e o livro termina. É irregular e um tanto confuso, com passagens realistas, piadas pueris, e longas diatribes, bastante convencionais, contra os críticos, de literatura e de artes plásticas. Redime-se parcialmente com alguns momentos da mais fantástica invenção, como uma viagem interplanetária no avião de Lorenzo Angol, ou o descobrimento e estudo do olho que fazem os mosquitos da pré-história. (Este episódio é o único que justifica a aproximação feita por Neruda entre Emar e Kafka, por se parecer com as "Investigações de um cão". Mas penso que a semelhança é casual; os procedimentos e atmosferas de ambos os autores são muito diversos. Emar não tem antecedentes nem pares; os ecos e semelhanças – Lautréamont, Macedonio Fernández, Gombrowicz – correm por conta das inclinações de seus leitores.)

Miltín 1934 anuncia a tentação de discursividade que se desdobrará sem travas na obra secreta de Emar. Esta obra, iniciada em 1940 e interrompida vinte e quatro anos depois pela morte, é um imenso romance que adota o formato de uma porta; chegou a escrever as três ou quatro mil páginas da primeira parte, "Umbral", e umas duas mil da segunda, "Dintel". Aqui as visões perdem a gratuidade que dava seu encanto, e se tornam veículo de laboriosas alegorias. A lenta digestão das leituras esotéricas de Emar (Ouspensky, Guaita, Rudolf Steiner, Papus, muitos outros) substitui a invenção, da qual vão ficando restos cada vez mais frágeis e ancilares. É que para o propósito que guia a obra final a invenção já não é necessária, e em todo caso ficou registrada nesse esplêndido painel de controle que é *Diez*.

Diez era, por bons motivos, o livro favorito de seu autor. Numa carta chega a dizer que um dos contos ("Pibesa", o único reeditado em vida de Emar, numa *Antología del cuento chileno moderno*, 1958, preparada por María Flora Yáñez) "não está nada mau". Escritos durante os anos de grande produção literária, 1933-1935, foram agrupados numa intrigante estrutura temático-piramidal: quatro animais, três mulheres, dois sítios, um vício.

Nos dez contos estão todas as variedades da fantasia de Emar, em seu formato mais cabal. Nestas núpcias insólitas da alucinação e da obsessão, não falta sequer o anúncio das derivas paralisantes que se apoderarão mais tarde de sua escrita (cf. a imobilidade diante do funil do "maldito gato"). O absurdo é da espécie à qual se chega pelo excesso de lógica, e há um absurdo prévio, na redação: é como se estivéssemos presenciando a invenção da arte da narração, ou como se fosse um exercício de aprender a escrever relatos como o fazem os escritores, mas cada trecho da lição (descrições, detalhes circunstanciais, argumentos, desenlace) se tornasse independente e enlouquecesse...

Foi a última publicação de Emar. Em 1940 iniciou a redação de *Umbral*. Por essa época já tinha voltado à Europa. A um casamento juvenil com a prima Mina Yáñez (com quem teve dois filhos, Carmen e Eliodoro), seguiu-se um segundo, com Gabriela Rivadeneira (três filhas: Marcela, Pilar e Clara), e uma última relação com Alice de la Martinière, francesa, com quem viveu em Cannes até 1955; retornou então definitivamente ao Chile, e viveu na chácara Quintrilpe, em Temuco, adquirida por seu filho Eliodoro. Ali se dedicou à escritura de seu longo romance, decidido a não o publicar em vida. Também pintava, assinando com o seu nome civil, Alvaro Yáñez. Quanto às suas leituras, é preciso dizer em seu favor que não se limitavam ao âmbito esotérico. Não lhe eram alheios os surrealistas e seus antecedentes (em *Um ano* há um episódio com *Os cantos de Maldoror*), em alguma carta dá provas de um bom conhecimento da obra de Dostoiévski, e seu passatempo habitual eram os romances policiais.

A escrita de *Umbral* prosseguiu até a sua morte, em abril de 1964. O desinteresse pela publicação, ou até a leitura do que escrevia, levou-o a diversas extensões, em que se alternavam passagens brilhantes (como a jornada pelo bar Las Tres Chimeneas) com morosas filosofias (um diálogo sobre o Tempo, ou sobre a Música, pode facilmente prosseguir durante duzentas ou trezentas páginas). Muito material de seus livros anteriores reaparece aqui reciclado, assim como seus personagens, todos eles com nomes peculiares (ainda que nenhum tão íntimo quanto o cão de *Diez*: Piticuti). Numa carta à filha Carmen (1960) diz: "Escrevo e escrevo e assim, escrevendo, trato de tudo e de nada… Há personagens, muitos personagens: Lorenzo Angol, Romualdo Malvilla, Desiderio Longotoma, Baldomero Lonquimay, dom Irineo Pidinco, o doutor Hualañé, Rosendo Paine, Stramuros (um grande compositor que, com o seu nome, segue a tradição Stradivarius, Stravinsky, Stracciari), Fray Canuto-Que-Todo-Lo-Sabe, o arquiteto Ladislao Casanueva, um grande chinês chamado Chino Fa, Rubén de Loa, um mago chamado Barulo Tarata, o diabo em pessoa que se chama Palemón de Costamota, um iniciado que é Florencio Naltagua…"

Seis anos depois de sua morte, em 1971, a Editora Universitária reeditou *Diez*, com um breve prólogo de Neruda. Em 1977, na Argentina, Carlos Lohlé iniciou a publicação de *Umbral*, que não foi concluída. Na década de 1990, reavivou-se o interesse por Emar, que nunca havia cessado de todo. A Direção de Bibliotecas, Arquivos e Museus publicou afinal as cinco mil e quinhentas páginas de *Umbral*. Reeditaram-se então sucessivamente *Um ano* (1996), *Miltín 1934* (1997), *Ayer* (1998) e *Diez* (2006), e, pela primeira vez compiladas em livro, as *Notas de arte* (2008). Existe uma *Antología esencial* (1994), preparada por Pablo Brodsky, autor também da apresentação ("Biografía para una obra") à ediçao de *Umbral*, e prefaciador e anotador de um breve epistolário, *Cartas a Carmen* (1998).

Impressão e Acabamento:
GRÁFICA STAMPPA LTDA.
Rua João Santana, 44 - Ramos - RJ